AF217398

The three of us

Text: Chai
Zeichnungen: Anna Takamura

INHALT

Gehen wir aufs Dach.

Yuto. Mittagessen.

In der Oberstufe der Kadoyama-Schule ...

... waren wir drei ständig zusammen.

Okay.

Kei war neu an der Schule.

Rio kannte ich schon seit der Mittelstufe.

Der Schulalltag endete für uns vor einem halben Jahr ...

1. Kapitel

Freut mich. Macht's euch gemütlich.

Das ist der Chef.

Oh. Hallo.

Was?

Das ist kein Schuppen.

Das ist mein Arbeitsplatz.

Dieses Café?

Bar. Mittags ist es ein Café, abends ist es eine Bar.

Das steht dir ziemlich gut.

Rio, meintest du nicht, dass du auf die Teio-Uni hier gleich um die Ecke gehst?

Ja.

Ha ha ha ...

Hättest du wohl gern.

Zum Verlieben, was?

...

Stimmt ...

Du hast allein in der Ecke des Klassenzimmers gesessen und grimmig auf dein Tablet gestarrt.

So warst du immer drauf.

Du hast überhaupt nicht mitbekommen, wenn ich mich heimlich angeschlichen hab.

Buh!

Hieh!

Jedes Mal hast du dich erschreckt. Das war so witzig!

SCHRECK

BONK

Das war auch so, als ich dazukam.

Wir waren zwar die ganze Zeit zusammen, aber irgendwie hat jeder was anderes gemacht, oder?

Ah, stimmt. Du bist oft neben uns eingeschlafen.

W... War doch nur einmal!

Schnurrhaare!

Dass du mein Gesicht angemalt hast, vergess ich dir nie.

Ach ja.

Jaja ...

Du hast völlig umsonst einen auf Gangster gemacht, Kei-chan*.

Mit einem Chaplinbart!

Und außerdem hast du dich später an mir gerächt.

Das war weder umsonst noch gespielt!

Bei dir ist das aber auch egal, im Gegensatz zu mir. Ich hab einen Ruf zu verlieren.

*verniedlichende Anrede für gute Freunde und kleine Kinder

Ihr macht auch nicht den Anschein, als hättet ihr euch großartig verändert.

Ja ...

Kann gut sein.

Also dann. Bis zum nächsten Mal.

felice

Aber irgend-
wie macht es
keinen Spaß.

Rio!
Du guckst
schon wieder
so grimmig.

Manga!
Los, wir
lesen
Manga!

DOMP

Heute
kommt die
neue *Shukan
Shonen Fleur*
raus, oder?

Ja ...

Mann.

Kei macht das sowieso nicht.

Keine Sorge.

Scheiße ...

Jetzt will ich euch echt vermöbeln.

Ist ja gut.

Riooo!

Es schien, als wäre alles ...

... noch genau wie früher.

Ich fand unser Wiedersehen schön.

»Ihr macht auch nicht den Anschein, als hättet ihr euch großartig verändert.«

Aber ...

... irgendwas war anders.

Kei?

Du und Yuto hattet noch Kontakt, ja?

Nur per Mail.

Und du hast nicht mal das hinbekommen?

Na, Tage-dieb?

KLING

Hey!

Da bin ich wie-der!

Er hat mit dir ge-meckert.

Er ist ein Gast wie jeder ande-re auch.

Hey!

Chef

Schnau-ze.

Jaja.

Bist du seinetwegen hier?

Was ist mit Rio?

LINS

Aber er kommt auch nicht jeden Tag.

Wegen euch bei-den.

Heute war er noch nicht hier.

TACK

Was darf's sein?
Oh, hab ich dich verlegen gemacht?
Eher sprachlos.
Aber ich mein's ernst.
Außerdem waren die Spaghetti Peperoncino letztes Mal ein Gedicht und ...
... ich würd gern noch was anderes probieren.
Danke schön.
Ist gut, oder?
Der Chef kocht selbst.
Brauchst gar nicht so selbstgefällig zu gucken.
He.
Das ist angeboren.
STARR

Lass das. Das ist unangenehm.
Kei, irgendwie hast du dich verändert.
Hm?
In der Schule warst du noch mieser drauf.
Ach ja?
Du hast so was wie Mordlust ausgestrahlt.
Hattest du nicht einfach nur Schiss vor mir?
Milchbubi.
Quatsch.

Schon so spät.

Seitdem bin ich nicht mehr in der Bar gewesen.

Hrnh!

Was esse ich heute Abend?

Nicht dass ich viel besser wäre.

Das ... War er wütend?

Wegen Yuto?

Bei Kei weiß man nie, was er denkt.

Aber ...

... ich glaube, er war wütend.

Yuto.

BADUMM

KLING

Oh.

Oh, natürlich.

Ent-schul-dige.

Hey.

Was denn?
Da bist du ja wieder.
Ja.
Oh, sitze ich etwa auf deinem Stammplatz?
Nein. Mir ist es egal, wo ich sitze.
Am Tresen kann ich so lange sitzen, wie ich möchte.
Meinte der Chef.
Soso. Dann bist du also doch Stammgast.
Seit wann kommst du schon her?
Ich glaub ... schon seit ich mich an der Uni eingeschrieben hab.

BADUMM

Und bei dir so, Rio?

Ha! Hast du etwa 'ne Freundin?!

Nein ...

...

Sonst würdest du wohl kaum in so 'nem Schuppen abhängen.

War klar.

Sag noch einmal Schuppen und du bekommst Hausverbot.

Es ist wie in der Schule.

Yuto hat sich wirklich nicht verändert.

Das muss ich mir von einem Langsamesser, der an seinem Stuhl festklebt, nicht sagen lassen.

Ach, komm schon!

Kei-chan, sei doch nicht so.

Seit unserem Abschluss ...

Nein. Seit wir uns das erste Mal in der siebten Klasse begegnet sind.

Yuto stach in unserer Klasse heraus.

Ich war schon glücklich, wenn sich ein Tablet in Reichweite befand.

Er war beliebt und hatte viele Freunde.

Ich mochte es, allein zu sein, und fand, Freunde wären nur lästig.

Trotzdem ...

Komm, wir gehen aufs Dach.

Rio! Mittagessen!

... kam Yuto immer wieder zu mir.

...

Klipp und Klar. Ja, stimmt schon. Alles, was du machst, ist immer so anstrengend.

Hm?

Warum ich?

Mit mir macht das doch gar keinen Spaß, oder?

Aber mit dir zusammen zu sein ist total entspannt.

Und was soll das dann sein?!

Das sag ich nächstes Mal auch!

Pfft ...

Wie immer?!

Cool.

Ach. Ähm ...

Einmal wie immer.

Rio, was gibt's da zu lachen?

Na, weil ...

Limetten-saft.

Und? Immer noch cool?

Was nimmst du denn immer?

Wir konnten uns kaum unterhalten. Ich bring dich zum Bahnhof.

Jetzt hab ich irgendwie ein schlechtes Gewissen.

Musst du dann nicht in die andere Richtung?

Und wo wohnst du?

Zwischen dem Laden und der Uni.

Tja, also ...

... unsere Schulzeit war schon echt was Besonderes.

Hm?

An der Uni gibt's viele, mit denen ich auf einer Wellenlänge liege, aber ...

... seit ich euch wiedergetroffen hab, seh ich das komplett anders.

Ja ...

Ich finde auch ...

Ha ha ...

Na ja, aber das kann man auch nicht vergleichen.

... dass du immer noch ...

... du selbst bist und wie ...

... niemand sonst.

Was meinst du?

Was?

Hah ...

Ich nehm's zurück.

Schon gut.

Das kannst du doch nicht machen!
Klar?!
Autsch!
Nicht in die Rippen!
Ha ha ha ha ...
felice
KLACK
Was ist denn jetzt? Wolltest du danach nicht nach Hause gehen?
Wo ist der Chef?

Steh nicht rum und setz dich.

Der ist grade los.

Um diese Uhrzeit kommen unter der Woche keine Gäste mehr.

Schläfst du heute bei mir?

Ich mach gar keine Fortschritte.

... das mit uns so weitergehen kann?

Kei, bist du sicher, dass ...

Wenn du wieder davon anfängst, geh lieber. Ich hab noch zu tun.

Was soll das denn jetzt? So ein Scheiß.

Dann warte ich oben.

Du hast mich zu sehr verwöhnt.
Ich hab immer nur an mich und ...
... nicht an deine Gefühle gedacht.
So geht es nicht weiter.
WAMM
ZUCK
Auch wenn unsere Beziehung ewig so weitergehen würde ...
Ich war derjenige, der gesagt hat, dass es okay ist, wenn du Yuto magst.

Du dagegen
hast mich nie
verwöhnt.

3. Kapitel

KLING

Keishi-kun*.

TSCHILP

TSCHILP

felice

Guten Morgen.

Morgen.

*Anrede für Jungen und jüngere Männer

Wusste ich doch, dass ich es schon mal auf dem Tresen gesehen hab.

Kommt dir das bekannt vor?

Ein Handy?

Ah. Ja, das ist Rios.

Wo hast du es gefunden?

Ist ja nicht weit.

Die Uni ist echt riesig.

... dass du einen halben Tag lang nicht mitkriegst, dass dein Handy weg ist.

Danke, dass du extra hergekommen bist.

Oh, Eine Nachricht ...

Mir genügt mein Tablet.

Teio-Universität
Information

Bitte den Knopf drück...

Er schreibt, dass er wegen eines Sportaustauschs heute hier an der Uni ist.

Und warum erzählst du mir das?

...

Aha.

Von Yuto.

Antworte doch einfach ganz normal.

Na, weil ...

Wenn ich das könnte, hätt ich nicht gefragt ...

... ich nicht weiß, was ich ihm darauf antworten soll.

Hm ...
»Wenn du mich siehst, gib mir ein Zeichen«?
Oh, das ist gut.
Danke.
Ich bring dich zum Tor.
...
Schon in der Schule fand ich ...
... dass du zu gut zu mir bist, Kei.

Na ja ...

Ich hab das Gefühl, dass es zwischen dir und Yuto ziemliche Reibereien gab ...

Was ist?

Hm? Was ist denn?

Wie jetzt?

Von wegen ach nichts.

Ach, nichts.

Hä?

Bist du so blöd oder tust du nur so?

Du bist es, oder? Kei-kun?

Kei-kun!

KLING

Liebeskrach ist auch Streit.

...

War kein Streit.

Ja. Klar.

Heute werd ich den Tresen übernehmen.

Tut mir leid.

»Hattest du schon wieder Streit?

Lass dich nächstes Mal woanders treffen.

Menschen, die sich selbst nicht lieben, können keinen guten Kaffee machen.«

Apropos ...

Bis jetzt hat er mich kein einziges Mal Kaffee machen lassen.

Hallo. Schön, dich zu sehen.

KLING

KLING

PAMM

Oh.

Entschuldigung, dass ich so schreie.

Kei!

Wo ist Kei?

Ähm
...

?

Äh ...?

Ist schon
gut.

Dir ist
es eben
nicht so
wichtig ...

Ich
hab mir
umsonst
Sorgen ge-
macht.

Ich
geh wieder
zur Uni.

Hey!

Bin ich
doch gar
nicht.

Und
warum
bist du so
angefres-
sen?

カラン
カラン
KLING

KLING

Klar. Gern geschehen.

Und danke noch mal für das Handy.

Und? Warum hat sie dich geschlagen?

Was war das denn?

Ich hab gesagt, dass ich sie vielleicht wiedererkennen würd, wenn sie nackt wär ...

Ach ...

Verstehe. Selbst schuld.

Du solltest das lieber kühlen.

...

»Als wir dich kennengelernt haben ...«

Okay ...

Ach ...

So war das ...

Die Gesichter der beiden waren der Knaller.

...

Aber an ihr Gesicht erinnert er sich nicht.

SCHAAA

QUIEE

Sie hat mir im Klassenzimmer ein Liebesgeständnis gemacht und dann ...

SCHAAA

TUPF

Ständig war der Schatten von jemandem, den ich nicht kannte, an Keis Seite.

»Ist okay für mich, wenn du Yuto magst.

Und ich ...

... war nur einer davon.

Wie wär's trotzdem mit uns beiden?«

Ich hab kein Recht, wütend auf ihn zu sein.

Oh.

Warum bin ich so wütend?

Was?!

Im Ernst? Klingt brutal.

Und?

Kei hat Öl ins Feuer gegossen und sich eine gefangen.

Ist zwischen euch beiden irgendwas vor-gefallen?

Äh ...?

Verheim-licht ihr mir was?

KRAMPF

... seit ich euch in dieser Bar wiedergetroffen hab, hatte ich die ganze Zeit das Gefühl ...

Es klingt vielleicht et-was seltsam, aber ...

Nein.

Ich muss mich ent- schuldigen.

Entschuldi- ge, ich red Unsinn.

Yuto! Wir gehen!

Dafür gibt es keinen Grund.

Mach hinne.

Sorry.

Tja.

Wir sehen uns im Laden.

Ist gut.

Hat er was gemerkt?

BADUMM

BADUMM

Wir sind Freunde und Männer ...

Was, wenn er ...

... von mir und Kei weiß?

BADUMM

Und trotzdem bin ich ...

... in Wahrheit ...

BADUMM

...

Schlim-
mer
geht's
nicht.

4. Kapitel

Und dabei hab ich ...

Was wirst du denn krank?

Blödmann.

Ist ja eine tolle Begrüßung.

Vor Kurzem hat ein Neuer angefangen.

Wir haben genug Leute.

Kannst du einfach freimachen?

Iss erst mal was, bevor du dich um andere sorgst.

Wusste ja nicht, dass du so schwach bist.

MURMEL

Danke.

Dann ist ja gut.

Ach, nichts ...

Hm?

War irgendwas ...

KRIEE

Trennen wir uns?
Was ...?
Was redest du denn?
Du willst nicht, dass Yuto es erfährt, oder?
Wenn du nicht auffliegen willst, kannst du so tun, als wär nichts gewesen.

Wieso nicht?

Es ist ja nicht so, dass zwischen uns groß was wäre.

Oder ist es nur so ...

... dass du deinen ersten Mann nicht vergessen kannst?

Du warst von vornherein nicht mit dem Herzen dabei.

KLONK

Wa...?

SCHRECK

...

Hm?
Ich war zufällig in deiner Nähe.
Ich war einfach nur praktisch für dich.
...
Wer würde sich freiwillig einen anstrengenden Typen wie dich aussuchen?
MURMEL

Entschuldige.
Den Rest der Quiche stell ich in den Kühlschrank.
Mach's gut.
Kei ...
Ich geh wieder.
Wenn ich dich so geschwächt seh, würd ich am liebsten über dich herfallen.
Fang nicht wieder so an ...
Wenn du das nächste Mal krank wirst, ruf Yuto an.
Ich glaub, er ist 'ne bessere Krankenschwester als ich.
KLACK

...

Schei-
ße ...

Was
mach ich
denn?

Als
wär Kei ein
schlechter
Mensch ...

Hat es ihm die Sprache verschlagen?

War ich ihm lästig?

»Ich war einfach nur praktisch für dich.«

»Trennen wir uns?«

Warum sag ich denn so was?

Aber ...

War nicht von Anfang an klar ...

... dass das eines Tages passieren würde?

»Du kannst so tun, als wär nichts gewesen.«

Ich hätte es wissen müssen, aber ...

Deinet-
wegen.

Was?

Wie-
so?!

Rio ist
krank.

Na ja
...

Es ist
nichts
...

Alles
okay?

Du
fragst
den Fal-
schen.

Ich
weiß,
aber ...

...

Sorry.

Ver-
giss
es.

Die beiden waren komische Typen.

Ein Riese, der sich hinter einem Zwerg versteckt.

Wo ist Yuto?

Soso.

Der isst heute mit seinen Leuten vom Klub.

Wir waren immer zusammen.

Aber für Yuto waren wir nicht seine einzigen Freunde ...

... und so waren wir genauso oft nur zu zweit.

Und ehe ich michs versah ...

Allein zu sein war bequem. Mit anderen wurde es immer kompliziert.

Ich hatte zu niemandem eine tiefere Beziehung.

... mehr gemeinsame Zeit mit ihm haben.

Ich wollte nur noch etwas ...

»Ist okay für mich, wenn du Yuto magst.«

... hab Rio das eingeredet ...

... als wollte ich es mir selbst einreden.

... weil er sich immer zu viele Gedanken macht.

Er sollte es als rein körperliche Beziehung abhaken ...

Auch wenn er nicht so wirkt, ist er sehr aufmerksam.

... bestimmt ist er gekommen, weil er die Sache nicht vergessen konnte.

Das sagt er so, aber ...

Willkommen.

*höfliche, geschlechtsunabhängige Anrede

Oh.

Lange nicht gesehen.

Rio-san*.

Ein neues Gesicht ...

Ist das der Neue, von dem Kei gesprochen hat?

Abflug/Departure

Und was ist dann Kei?

TACK

rport Terminal 1

Kei!

Hah ...

Hat der Chef es dir erzählt?

Yuto wusste es auch.

Rio.

Warum hast du mir nichts gesagt?

Tut mir leid, dass ich dir nicht Bescheid gesagt hab.

Dann wär's aber zu spät gewesen!

Ich hatte vor, dir einen Brief zu schreiben.

Darum geht's nicht ...
Ich hab dir nichts gesagt, weil ich nicht wollte, dass es so kommt.
Ich wollte nicht, dass du dich verabschiedest.
Bin ich dir so zuwider?
Hah ...
Nein ... ...
KRAMPF
Ist das alles, was du zu sagen hast?

Ri...

Dir ...
... fällt es ...
... vielleicht leicht zu vergessen, aber ...
... ich will nicht ver-gessen.
Ich will mich nicht von dir trennen.
Ich hab es dir noch nicht zeigen können.

... liebe
dich ...

Ich ...

... li...

D...
Das wur-
de mir
grade be-
wusst.

...

... glaub
...

... ich
...

Bewun-
derung ...
ein wert-
voller ...

... bei ihm
ist das was
anderes.

Den lieb
ich auch,
aber ...

Was
ist mit
Yuto?

Ich sag doch ...

Du bist ein wertvoller ...

... also ...

Ja. Er ist ein wertvoller Freund ...

Und was bin ich?

Pfft ...

Da....

Das eine hat mit dem anderen nichts zu tun!

Sorry.

Und wir haben's so oft miteinander getrieben ...

Lach nicht, wenn andere ihr Herz ...

Du hast recht.

Es ist was anderes.

Egal wer bei mir war oder mich verlassen hat ...

... ich hab nie jemandem nachgetrauert.

Außer dir.

Was?

Keine Ahnung ...

... ob du mir das glaubst, aber ...

... die ganze Zeit falsch, weil du Yuto mochtest.
Entschuldige.
Du hast nichts Falsches getan.
Ich hatte Angst, dass ...
... ich für dich nur einer von vielen bin ...

... und eine Belastung und du mich verlässt.

Also hab ich es von Anfang an aufgegeben ...

... und mein Herz verschlossen ...

... denke ich.

Es durfte nichts Ernstes sein.

... auch den Eindruck, dass ich dein Herz nicht erobert hätte.

Ich hatte ...

Was ...?

Ha ha.

Wie Yuto sagte ...

... wir reden zu wenig miteinander.

Danke, dass du bei mir warst, obwohl ich nicht wusste, was ich will.

Kei.

Ich bin froh, dass ich hergekommen bin.

Dieses Gespräch hätten wir schon viel früher führen sollen.

Ich freu mich da- rauf.

pfft ...

Pass gut auf dich auf.

Airport Terminal 1

Oh ...

Mensch, Chef.

Du hast die ganze überraschung verdorben.

Wa...?

Hey.

Ja, bin
wieder
da.

Du bist
wieder
da.

Yuto. Auf der Bank stehen Getränke.
Oh! Danke.
Kei
Re:
Bin gestern gelandet.
Unglaublich.
Kann er nicht vorher Bescheid sagen?
BWW BWW
...?
Von Rio ...
Weißt du es schon? Kei ist wieder im Land und wir sind uns zufällig in der Bar begegnet.
Während er im Ausland war, hat er sich kein einziges Mal gemeldet und ich war sprachlos.
...
Alles beim Alten.

Ende

Unsere Zeit danach

Auf Kei!

Auf Kei und dass er wieder im Land und in der Bar ist!

Kei macht sehr leckeren Kaffee.

Aber wir wollen doch sehen, was du im Ausland gelernt hast.

Müsste ich nicht eigentlich derjenige sein, der bedient wird?

Echt?

Aus deinem Mund klingt das obszön.

Aber der Chef darf das, ja?

Halt den Mund!

Du nennst mich nicht so!

He he!

Guuuter Junge, Yuto.

Hilfe ...

Ich hab ja solche Angst ...

Wie bitte?

Willst du Stress?

Oh.

Das hatten wir lange nicht. Rios Lautloslachen.

...

...

BEB

BEB

Um wieder zum Thema zu kommen ...

Natürlich.

Ob wir die Rollen tauschen?

Mann!

Jetzt hört schon auf damit!

Ende

♥ Ich schreibe schon lange Geschichten, die an Frauen gerichtet sind, aber dass eine Handlung mit drei Hauptfiguren so schwierig werden würde, hätte ich nicht gedacht. Was mit zwei Figuren ganz leicht zu lösen ist, geht sofort schief, sobald es drei sind, und ich weiß nicht, wie oft ich mittendrin alles hinschmeißen wollte. Ich bin froh, dass ich es nicht getan habe.

♥ Die Namen der drei sind an die Kiefer (Matsu), die Paulownie (Kiri) und den Vollmond (Bo) aus dem Kartenspiel Hanafuda angelehnt, aber weil Keis voller Name dann gar mehr nicht in der Geschichte vorkam, ist das hinfällig geworden. Sein Name ist Keishi Tenbo. Ich hätte ihn vielleicht nicht erst im Nachwort einführen sollen. Andererseits, warum nicht?

♥ Es kommt häufig vor, dass nicht mal ein Zehntel der akribisch ausgearbeiteten Details Verwendung findet. Obwohl ich dieses Mal die Vergangenheit, die Zukunft und die Familienverhältnisse der einzelnen Figuren ziemlich genau ausgearbeitet hatte, kamen sie in der Geschichte kaum direkt zum Tragen. Aber diese Hintergründe sind es, die die drei zum Leben erwecken. Es steckt viel Liebe drin.

♥ Takamura-san, vielen Dank für die wunderschönen Bilder. S-san aus der Redaktion, Sie standen mir zu jeder Tages- und Nachtzeit für Storyboard-Besprechungen zur Verfügung und waren eine riesige Hilfe.

♥ Danke, dass ihr bis hierhin gelesen habt. Ich hoffe, dass dieses Werk euer Herz wenigstens ein klein wenig berühren konnte.

Chai

Rio Kirigaya

19 Jahre alt.
Erstsemester der Teio-Universität.
Größe: 1,78 m. Einzelkind.
Er wuchs behütet in einer wohlhabenden
Familie auf und hat durch diesen Mangel
an Lebenserfahrung auch eine naive Seite.
Er ist ein rationaler Mensch, dessen Tablet
seit seiner Kindheit sein bester Freund ist.
Als er einmal sein Tablet zerlegte, war es
anschließend nicht mehr zu gebrauchen.
Um denselben Fehler nicht noch einmal
zu machen, bildete er sich intensiv weiter,
wodurch er über ein umfassendes Wissen
verfügt und sogar ein eigenes Unternehmen
gründen konnte. Jeder kann bestätigen, dass
er kaum rausgeht und nichts von Sport hält.
Er isst gern Quiche mit reichlich Gemüse
(von der Karte des felice). Weil er keinen
Alkohol verträgt, verzichtet er darauf.

Kei - Voller Name: Keishi Tenbo

19 Jahre alt.
Arbeitet in Teilzeit.
Größe: 1,83 m.
Seine karriereorientierten Eltern und sein hochbegabter
großer Bruder setzten viel daran, auf Biegen und Brechen
sein Talent zu fördern, doch er rebellierte gegen seine
Familie und lief in der Mittelstufe davon. Völlig herunter-
gekommen las ihn der Barbesitzer auf, der sein zukünftiger
Chef werden sollte. Er wies das Kind für seine Naivität
zurecht und schickte es nach Hause.
Unter der Bedingung, eine namhafte Schule zu besuchen,
erlaubten ihm seine Eltern, allein zu leben. Gleichzeitig
mit seinem Schulabschluss zog er in die Wohnung, die
sich über der Bar befindet, in der er fortan arbeitete.
Er legt keinen großen Wert auf seine Kleidung, sodass ihm
die Arbeitsuniform der Bar sehr zugutekommt. Er trinkt
gern Kaffee und Alkohol und isst gern Schokolade. Das
Mundgefühl von Trockenfrüchten kann er nicht leiden.

Yuto Sanematsu

19 Jahre alt.
Erstsemester der Haseda-Universität.
Größe: 1,69 m.
Ist der mittlere von drei Brüdern und hat
noch eine kleine Schwester. Weil er mit
vielen Geschwistern aufwuchs, ist er Spaß,
Zankereien und Durcheinander gewöhnt,
was ihn äußerst lebenstüchtig macht. Von
Natur aus hat er ein freundliches Wesen
und wird von allen gemocht. Dass er ein
bisschen kleiner ist als der Durchschnitt,
macht ihm kaum etwas aus. Er liebt es, sich
zu bewegen, und war er in der Schule auch
im Fußballklub. An der Universität schloss
er sich einer sportbegeisterten Tennisgruppe
an. Er isst gern Reisomelett und Scharfes.
Innereien mag er nicht, weil er nie weiß,
wann der richtige Moment zum Runter-
schlucken gekommen ist.

Das felice

Eine Bar in der Nähe der Teio-Universität, die Rio besucht. Der Name des Lokals ist italienisch und bedeutet Glück. Tagsüber stehen Mittagsmenüs für Studenten und Hausfrauen auf der Karte. Das Licht, das durch das große Fenster fällt, sorgt für eine helle, sanfte und gemütliche Atmosphäre. Auf der umfangreichen Speisekarte stehen hauptsächlich italienische Gerichte. Nachts besuchen vorwiegend ältere Gäste die Bar und es herrscht eine entspannte Atmosphäre.

Die alkoholischen Getränke und der Kaffee, den man in der Bar bekommt, sind exquisit und wegen ihres guten Rufs läuft man hier auch dem einen oder anderen Prominenten inkognito über den Weg ...

Chef der Bar

Alter unbekannt. Er lebt zusammen mit seiner geliebten Frau und seinem Hund. Er ist der Besitzer der Bar, in der Kei arbeitet und in der die drei Freunde sich wiederbegegnen. Auf seinem Gesicht liegt stets ein Lächeln.

Chai

Dieselbe Kaffeebohne kann
schon durch kleine Veränderungen
völlig unterschiedlich schmecken. Da
wären natürlich der Mahlgrad, das
Wasser, die Art des Aufbrühens, die
Temperatur der Tasse, das Klima
und die Liebe. Kaffee und Shochu*
sind für mich Lebenselixiere.

Anna Takamura

Ich bin ein zu großes Landei, als dass
ich etwas Schickes wie eine »Bar«
kennen würde. Bei meinen Recherchen
stieß ich dann auf viele Brecheisen** ...

*hochprozentige jap. Spirituose
**»Bar« bezeichnet im Jap. auch das Werkzeug.

TOKYOPOP GmbH
Hamburg

TOKYOPOP
1. Auflage, 2024
Deutsche Ausgabe/German Edition
© TOKYOPOP GmbH, Hamburg 2024
Aus dem Japanischen von Etsuko Tabuchi und Florian Weitschies

BOKURA NO KOI WO KIMI HA SHIRANAI
©Anna Takamura/Chai 2016
First published in Japan in 2016
by KADOKAWA CORPORATION, Tokyo.
German translation rights arranged
with KADOKAWA CORPORATION, Tokyo
through TUTTLE-MORI AGENCY, INC., Tokyo.

Redaktion: Katrin Aust
Lettering: Vibrant Publishing Studio
Herstellung: Mathias Neumeyer
Druck und buchbinderische Verarbeitung:
CPI – Clausen & Bosse GmbH, Leck
Printed in Germany

Wir achten auf die Umwelt.
Dieses Produkt besteht aus FSC®-zertifizierten
und anderen kontrollierten Materialien.

ISBN 978-3-8420-9669-1

DROWNING INTO THE NIGHT

Anna Takamura

Schicksalhafte Leidenschaft

Wenn ein erfolgreicher Arbeitstag zu Ende geht, hat es Yukishiro erneut geschafft: Er konnte seine Rolle als aufstrebende Führungskraft erfüllen und seine wahre Identität ein weiteres Mal schützen. In den elitären Kreisen des Großkonzerns würde niemand anzweifeln, dass das Blut eines Alphas in seinen Adern fließt. Doch in Wirklichkeit ist er ein Omega. Als der charismatische Vizepräsident Hiiragi, ein Alpha, von seiner Auslandsreise zurückkehrt, spürt er instinktiv, dass Yukishiro nur eine Rolle spielt. Führt das Schicksal zwei »Seelenpartner« zusammen oder stürzt es Yukishiro ins Unglück?

www.tokyopop.de